इज्जत

अदम्य स्त्रीः जीवन के उतार-चढ़ाव में
महिलाओं की अनगिनत कठिनाइयाँ

सिम्पी गुप्ता

BlueRose ONE .com
Stories Matter
NewDelhi • London

BLUEROSE PUBLISHERS
India | U.K.

Copyright © Simpi Gupta 2024

All rights reserved by author. No part of this publication may be reproduced, stored in a retrieval system or transmitted in any form or by any means, electronic, mechanical, photocopying, recording or otherwise, without the prior permission of the author. Although every precaution has been taken to verify the accuracy of the information contained herein, the publisher assume no responsibility for any errors or omissions. No liability is assumed for damages that may result from the use of information contained within.

BlueRose Publishers takes no responsibility for any damages, losses, or liabilities that may arise from the use or misuse of the information, products, or services provided in this publication.

For permissions requests or inquiries regarding this publication, please contact:

BLUEROSE PUBLISHERS
www.BlueRoseONE.com
info@bluerosepublishers.com
+91 8882 898 898
+4407342408967

ISBN: 978-93-6261-558-9

Cover design: Tahira
Typesetting: Tanya Raj Upadhyay

First Edition: June 2024

रिचा पियु के घर आती है दरवाजा खुला होता है, तो वो घर के अन्दर अ जाती है तो वो डायरेक्ट पियु के कमरे की ओर बढती है पर पियु वहाँ नही होती है sac

तमी उसे कुछ आवाज सुनाई देती है वो ध्यान से सुनती है तो ये पियु की मम्मी पापा का आवाज था दोनों आपस में झगड़ रहे थे।

रिचा आवाज की तरफ जाती है और सुनने की कोशिश करती है।

पियु के पापा उसकी माँ से :- हम पियु को कब तक अपने पास रखेंगे, तुम उसे बता क्यु नही देती की वो हमारी बेटी नहीं है।

पियु की माँ :- धीरे बोलिए नही तो पियु सुनलेगी

पियु के पापा :- तो सुनने दो आखिर कब तक हम उससे सच्चाई छुपायेगें एक दिन तो उसे बताना तो होगा आखिर हमारा भी तो एक बच्चा है उसके प्रति भी हमारा कुछ कर्तव्य है। उसके लिए भी कुछ करना है और मेरे फैनेंसियल हालत पता हैं ना ?

रिचा ये सब बाते सुनकर चौक जाती है और दबे पांव घर से चली जाती है।

दुसरे दिन स्कुल में

पियु :- हे रिचा, मैं तुम्हे कब से ढूंढ रही हूँ कहा थी तुम?

रिचा :- मैं तो यही थी क्यु ढूंढ रही थी।

पियु :- क्या हुआ तुम ऐसे क्यु बोल रही हो कुछ हुआ है क्या ? सब ठीक है ना

रिचा :- पियु को को देखती हुई नही हाँ हाँ

पियु :- तुम ऐसे क्यु बोल रही हो सब ठीक है न, कुछ बात है तो मुझे बताओ ।

रिचा :- नहीं नहीं, सब ठीक है

पियु :- ठीक है फिर क्लास चलो

रिचा :- चलते है

रिचा पूरी क्लास में चुपचाप रहती है जैसे उसे कोई बात खायी जा रही हो।

पियु :- क्या हुआ कुछ बात है क्या आटी ने डांटा है तुम्हे, या कोई और बात है

रिचा सकपकाते हुए

रिचा :- पियु मुझे तुम्हें कुछ बताना है

पियु :- बताओ उसमें पूछने वाली कौन सी बात है

रिचा :- पर पहले प्रोमिस करो मुझ पर गुस्सा नही होगी और मेरे उपर विश्वास करोगी

पियु :- हाँ गुस्सा नही करूँगी अब बताओ भी

रिचा :- मैं कल तुम्हारे घर गई थी लेकिन तुम घर पर नहीं थी। मैं लौटने ही वाली थी तभि तुम्हारे मम्मी पापा के रूम से उनकी झगड़ने की आवाज आई।

पियु :- तो क्या हुआ झगड़ा तो सभी के घर होता है इसमे नई बात कौन सी है

रिचा :- नहीं ये बात नहीं है मैंने अंकल को ये बोलते हुए सुना की तुम उनकी बेटी नही हो और वे सारा पैसा तुम पर खर्च नही कर सकते

पियु :- तुमने गलत सुना होगा ऐसा नही है तुमें पता ही है कि वो मुझे कितना प्यार करते है

रिचा :- हाँ मुझे पता है पर मैं झूठ नहीं बोल रही मैंने उन्हें बोलते हुए सुना है

पियु :- नही नही ऐसा नही हो सकता

रिचा :- आंटी ने अंकल को धीरे बोलने को कहा था और उन्होंने यह भी कहा था कि हमने डीसाईड किया था कि उसे बड़े होने पे बताएंगे

पियु बडबडाते हुए :- नही नही ऐसा नही हो सकता ये झूठ है

रिचा :- क्यु ना हम घर चलकर आंटी से पुछ लेते है सच्चाई का पता चल जायेगा

पियु सर हिलाते हुए :- हाँ हाँ घर चलते है

स्कुल से छुट्टी के बाद दोनों पियु के घर पहुचते है पियु की माँ घर पर ही होती है

पियु की माँ :- रिचा क्या बात है स्कुल से सीधा मेरे घर पे ?

रिचा घबराते हुए :- हाँ अंटी

पियु की माँ :- क्या हुआ रोज मुस्कुराते रहती हो आज इतना टैसन में क्यु हो कुछ हुआ है क्या ?

रिचा और पियु एक दुसरे को देखते है

पियु :- माँ क्या मैं आपकी बेटी नहीं हूँ

पियु की माँ घबराते हुए :- ऐसा क्यु बोल रही हो

पियु :- कल रिचा हमारे घर आई थी जब मैं घर पर नही थी तो उसने और पापा आपकी बातें सुनी, पापा और आपकी बोल रहे थे आप मुझे सच्चाई बता दो की मैं आपकी बेटी नही हूँ

पियु की माँ शान्त हो जाती है और उन दोनों की ओर देखती है

पियु रोते हुए :- बताओ ना माँ कि रिचा झूट बोल रही है

पियु की माँ की आँखों से आंसू बहने लगते है और वो कुछ देर बाद शान्त हो जाती है और दोनों को देखने लगती है

पियु :- बताओ न माँ रिचा झूठ बोल रही है ना

पियु की माँ की आँखों से आंसू बहने लगती है और वो रोते रोते बैठ जाती है

पियु :- क्या हुआ माँ बताओ ना क्या रिचा सच्च बोल रही है ?

पियु की माँ रोते हुए पियु को गले लगा लेती है और रोने लगती है कुछ समय बाद पियु की माँ पियु की आंसू को पोछती है और दोनों को बैठाती है

पियु की माँ :- हाँ ये सच्च है

मैं ये अभी बताना नही चाहती थी पर तुम्हारी पापा की फाइनेंसियल हालत अच्छी नही है इसलिए उन्होंने गुस्से में मुझे ये बात तुमसे बताने के लिए कहा की मैं उसकी सारी डिमांड पूरी नही कर सकता

पियु :- तो माँ मैं किसकी बेटी हूँ? आपने मुझे अपने पास क्यु रखा है और कभी आप ने मुझे ये कभी एहसास भी नही होने दिया.

पियु की माँ पियु की आंसू पोछूती है और अपने पास बैठती है ओर बोलती है मैं सब बाताउंगी पहले तुम रोना बंद करो

पियु आँखों को पोछते हुए कहती है: हाँ मैं नही रोऊँगी आप बाताओ **पियु कि माँ रिचा और पियु को पास बैठाती है और सच्चई बताने लगती है**

पियु की माँ :- मैं अपने बाबा की इकलोती बेटी थी माँ बाबा मुझे बहुत

प्यार करते थे और मेरी हर ख्वाहिस पूरी करते थे मैं उनकी लाडली थी लेकिन वो मुझे हमेशा साथ रखते थे मैं अक्सर उनसे पूछती थी कि हम कभी किसी रिश्तेदार के यहाँ क्यु नहीं जाते सबके के रिश्तेदार होते है क्या हमारे कोई रिश्तेदार नहीं है मेरी फ्रेंड अक्सर छुट्टीयों में रिश्तेदार के यहाँ जाती है तब एक दिन मेरी माँ ने बताया कि बाबा और उनकी लव मैरेज हुई थी तो उनकी फॅमिली ने उन दोनों को एक्सेप्ट नहीं किया और उन्हें घर से निकाल दिया और उनसे सारे रिश्ते नाते तोड़ दिए तो हमलोग शहर आ गये इसलिए हमलोग रिश्तेदारों के घर नही जाते लेकिन मुझे रिश्तेदारों की कमी हमेशा खलती थी तो मैंने आसपास के लोगो को अपने दुनिया बना ली

पर एक दिन मेरे बाबा ने बताया की उनका ट्रांसफर हो गया और वो दुसरे शहर सिफ्ट हो रहे है

यह सुनकर मैं दुखी हो गयी और मुझे लगा वहाँ सब नए होंगे मुझे ऐसा लग रहा था की मेरी दुनिया मुझसे छिन ली गई

है लेकिन दुसरी ही सुबह हम दुसरे शहर के लिए निकला गये अगले दिन मैं सारे दोस्तों और आसपास के लोगो से मिलकर मैं शहर के लिए निकल गई

वहाँ सिफ्ट होने के बाद मेरी एडमिशन न्यू स्कूल में हुआ | ये एक छोटा सा शहर था, मुझे सब नया और अनजान लग रहा था

दुसरे दिन

मेरा स्कूल का पहला दिन था मैं लंच में सभी बच्चो के साथ बैठ कर लंच कर रही थी तभी मुझे हँसने की आवाज सुनाई दी, मैं देखी तो मेरी सीनियर बाते कर हँस रही थी जब मैं उनकी तरफ गयी तो उन्होंने मुझे बुलाया और पूछा तुम्हारी न्यू एडमिशन है तभी एक दी ने मुझसे हेल्लो बोला उसका नाम सुहानी था उन्होंने मुझसे हँसते हुए पूछा आज तुम्हारा फर्स्ट डे है, क्या नाम है तुम्हारा ?

मैंने सर हिलाते हुए बोली मेरा नाम इरा है

तभी सुहानी की बेस्ट फ्रेंड तानिया आती है और सुहानी मुझे तानिया से मिलवाती है तभी हम तीनो बाते करते है कुछ देर बाद घंटी बजती है हम तीनो अपने क्लास चले जाते है

फिर मैं अक्सर क्लास के बाद उनलोगों से मिलती थी और हम तीनो अछे दोस्त बन गये उनसे मिलकर मुझे ऐसा लगा की मुझे मेरे फैमिली मिल गयी है

सुहानी दी और तानिया दी दोनों बेस्ट फ्रेंड थे पर सुहानी दी सीधी और कम गुस्सा करने वाली सबसे प्यार से बाते करने वाली लड़की थी और

तानिया दी जैसे गुस्सा नाक पर हो कोई कुछ भी गलत बोल दे तो वहीं सुना देती थी

पर दोनों में कुछ बाते कॉमन थी दोनों लाइफ में कुछ बड़ा करना चाहते थे दोनों में पढाई में अव्वल थी और अपने सपनो का पूरा करने का जूनून था

मैं दोनों के साथ बहुत अच्छा महसूस करती थी दोनों के साथ रह कर मुझे ऐसा लगता था की मेरी फैमिली कमप्लिट

हो गयी है मैं भी उनकी तरह अपने सपनो को को पूरा करने का खवाब देखने लगी

दोनों समाज के अंधविश्वास रूढ़िवादी दुनिया से दूर एक नई सोच की लड़की थी

धीरे धीरे समय बीतता गया और सुहानी और तानिया दी के बोर्ड के एग्जाम आ गये और कुछ दिनों बाद रिजल्ट आ गया दोनों ने अच्छा मार्क्स से पास होकर स्कूल का नाम रोशन किया और फिर दिन आया फेयरवेल का।

सभी एक दुसरे से मिल रहे थे और वादा कर रहे थे कि हमेसा टच में रहेंगे सभी के आँखों में खुशी के आंसू थे और बिछड़ने का गम भी

पर मैं बहुत ज्यादा दुखी थी मुझे ऐसा लग रहा था की मुझसे मेरी दोनों बहने मेरी दुनिया दूर जा रही हो।

दोनों ने मुझे गले लगाया और बोला कि हमेशा टच में रहेगें अभी हम पढाई के लिए बहार जा रहे है जब हम कुछ बन जायेगे तो तुमसे मिलने जरुर आएंगे। पर मेरे आंसू रुकने का नाम ही नही ले रहे थे।

दोनों ने मुझे समझाया और चुप कराया और हम तीनो का एक ग्रुप फोटो लिया और बोली जब याद आये तो इससे देखना और बाद में हम तो मिलेंगे ही जब हम कुछ बन जायेगें तीनो मिलकर पार्टी करेगे ये सुनकर मैं थोडा खुश हो गई।

फिर सुहानी दी ने तानिया दी से बोली कि मैं कुछ दिन के लिए रिश्तेदार के घर जा रही हूँ, तो तानिया दी ने बोला कोई बात नही तुम सारी फाईले दे देना मैं तुम्हारा भी फॉर्म शहर जाकर भर दूंगी।

ऐसा बोलकर तीनों ने एक बार गले मिला और अपने अपने घर चली गयी।

उसके बाद मैं उनलोगों से नही मिली।

कुछ दिनों बाद मेरी पढाई पूरी हो गई और मैं डॉक्टर की पढ़ाई के लिए दूसरी शहर में शिफ्ट हो गयी, समय गुजरता गया और मेरी ट्रेनिग का समय आ गया।

एक दिन मैंने हॉस्पिटल में एक औरत की आवाज सुनी जो अपने बच्ची को गोद में लेकर यह बोल रही थी जाने दो नहीं तो मेरी फैमिली आ जाएगी।

मैं आवाज को सुनकर उनकी तरफ दौड़ी तो देखा ये सुहानी दी थी इनकी हाथ में एक बच्ची थी दोनों के सर पे चोट था डॉक्टर बोल रहे थे

तुम दोनों को इलाज की जरूरत है और तुमलोग की हालत बहुत खराब

तभी मैं बोली " दी" आप यहाँ ? क्या ये आपकी बेटी है? उन्होंने सर हिलाते हुए बोली हाँ, और मुझे देखने लगी जैसे की वो मुझे जानती ही नही हो तभी मैंने उनसे बोली दी मैं " इरा "

तभी उन्होंने बोला कि इरा और रोने लगी

मैंने उनसे बोली बच्ची की हालत बहुत खराब है इसे एडमिट करा दिजिए, नहीं तो इसकी जान भी जा सकती है तभी दी ने बोली जान जाती है तो जाने दो, पर मैं यहाँ अब नहीं रुकेंगी, नहीं तो हमारी फैमिली हमें घर ले जाएगी।

मैं बोली कोई नही ले जाएगी, और बोलते हुए बच्ची को डॉक्टर के हाथो में दे दिया और उन्हें पानी पिलाया और पूछा दी अपकी हालत ऐसे कैसे हो गयी, क्या आपके बारे में

तानिया दी को पता है ? वह कुछ देर के लिए शान्त हो गई, मैंने बोला मैं आपलोग को कितना ढूँढने की कोशिश की पर आपलोग का कुछ पता नही चला मैंने उम्मीद ही खो दी कि मैं आपलोग से मिल पाऊँगी वो दिन हमारा लास्ट डे था तो सुहानी दी ने बोला मेरा भी मैं यह सुनकर सौक्ड हो गयी मैंने पूछा आप भी तानिया दी से नही मिले उस दिन के बाद। उन्होंने बोला " नहीं " |

मैंने पूछा क्यु ? कहाँ है तानिया दी। आपकी ऐसे हालत के बारे उसे पता है?

तब उन्होंने बताया तानिया अब इस दुनिया में नही है वो वो दिन मैं भी तानिया से लास्ट बार ही मिली थी।

सुहानी दी की आवाज सुनकर मैं चौक गई मैने पूछा क्या हुआ था उनके साथ?

सुहानी दी जोरजोर से रोने लगी, बहुत चुप कराने पर शान्त हुई शान्त होकर मुझे देखने लगी, बहुत पूछने के बाद उन्होंने मुझे बताया।

मैं उस दिन के बाद रिश्तेदार के घर चली गई थी और तानिया शहर।

तानिया ने दोनों का फॉर्म भर दिया था और एडमिशन के लिए पैसे लेने और साइन करवाने शहर आई, तानिया ने मेरे पापा से साइन करा और

पैसे लेकर घर चली गई थी और मेरे पापा को बताया था मेरे आने पर शहर भेज दे तब तक वह रहने का और एडमिशन का देखती है यह बोलकर तानिया शहर चली गई थी।

उस दिन के बाद जब मैं घर आई तो तानिया को दी गयी पते पर शहर चली गयी वहां जा कर पता चला की तानिया वहाँ नही है सभी से पूछने के बाद तानिया के बारे में पता चला कि फैमिली उसे घर ले गई है जब मैं कॉलेज गइ तो पता चला कि कुछ लोगो ने तानिया के साथ रैगिंग कर रहे थे, जब तानिया ने इसका विरोध किया और प्रिंसिपल से शिकायत की, तो वो लोग उस समय चले गये लेकिन जब वो रूम जा रही थी, तो उसका पीछा करने लगे और उनके साथ बत्तमीजी करने की कोशिश करने लगे। तानिया अपने आप को बचा कर किसी तरह रूम पहुंची और दुसरे दिन पुलिस में कंमप्लेन

करवादी, तो वे लोग तानिया के फैमिली को फोन करके धमकाने लगे, उस पर फैमिली आकर कंमप्लेन वापस ले ली और तानिया को घर ले आये ये सब जाने के बाद मैने तानिया के घर पे फोन किया तो उसकी माँ ने बताया की अब तानिया कॉलेज नही जाएगी मैंने तानिया से बात करने की जिद् की लेकिन उन्होंने बात नहीं करवाई। मुझे लगा कुछ दिन के बाद सब ठीक हो जायेगा और तानिया कॉलेज आ जाएगी, लेकिन दो सप्ताह बीत गया और तानिया कॉलेज नहीं आई। तो मैं तानिया के घर चली गई, जब मैं उसके घर गई तो पता चला कि तनिया अब इस दुनिया में नही रही ।

मैंने सबसे पूछने की कोशीश की पर किसी ने नहीं बताया । मुझसे कोई बात नहीं कर रहा था। जैसे मुझे सब इग्नोर करने की कोशिश कर रहे हो मैं वापस जाने लगी तभी तानिया के चचेरे भाई ने मुझे एक डायरी दी और कहा तानिया दी ने मुझे आपको देने को कहा था और कहा था कि मैं इस डायरी के बारे में किसी को ना बाताऊँ, और आप भी नहीं बताना और मैं डायरी लेकर शहर के लिए निकल गई, और आते ही मैंने डायरी पढ़ना शुरू किया ।

तानिया के डायरी में लिखा था :-

सुहानी जब तक ये डायरी तुम्हे मिलेगी, मैं इस दुनिया में नहीं रहूंगी, मैं तुमसे बात करना चाहती थी, पर किसी ने मुझे बात करने नहीं दी जब तुम्हारा कॉल आता था माँ कुछ बोलकर कॉल हमेसा कट कर देती थी।

मुझे पता था, की तुम मेरे बारे में पता करने की कोशिश जरुर करोगी और ये भी पता था कि कोई तुम्हे कुछ नही बताएगा। इसलिए मैं सारी बाते इस डायरी लिख रही हूँ। और भाई को बता दी हूँ कि जब तुम घर आवो ये डायरी तुम्हे दे दे।

जब मैं घर आई तो मुझे लगा की मेरा फैमिली मेरा साथ देगी लेकिन उन्होंने ऐसा नही किया, उन्होंने केस भी वापस ले लिया, जब मैं उनसे पूछी तो उन्होंने बोला इससे उनकी बदनामी होगी, मुझे लगा कि कोई बात नहीं कम से कम कुछ दिनों बाद मुझे कॉलेज जाने दिया जायेगा |

लेकिन उन्होंने मुझे कॉलेज जाने के नाम पर, कमरे में बंद कर दिया । एक दिन, फैमिली को बात करते हुए सुनी की

शादी करवादो नही तो अगर किसी को पता चल गया तो कोइ इससे शादी नही करेगा।

जब मैं इस बात पर बोली की मेरी गलती क्या है? तो उन्होंने बोला चुपचाप से शादी करलो, समाज को ये सब बाते पता चलेगा तो इज्ज़त पानी में मिल जायेगा। मेरे ना बोलने के बावजूद मेरी शादी तय कर दी गई, पर उस फैमिली को सारी बाते पता चलने पर उन्होंने शादी करने से मना कर दिया।

जब ताऊ को ये बात पता चली उन्होंने एक बड़ी उम्र के आदमी के साथ शादी तय कर दी और कहा के इससे पहले इज्ज़त पानी में मिल जाये इसकी शादी करा दो, मना करने पर भी शादी तय कर दी।

मैं शादी नहीं करना चाहती थी, तो मैंने भागने की कोशीश की लेकिन पकड़ी गई।

मेरी फैमिली ने मुझे रूम में बंद कर दिया, और बोला गया की मुझे शादी के दिन ही निकला जायेगा।

मुझे कुछ समझ नही आ रहा था, इसमे मेरी क्या गलती है। मैंने तो कुछ किया ही नहीं, मैं तो अपनी पढाई और अपने

सपनो को पूरा करने गई थी, गलती तो उन लड़को का है तो फिर मुझे सजा क्यु ?

मेरी वजह से इनकी इज्ज़त कैसे चली जाएगी।

मैंने माँ को समझाने की कोशिश की लेकिन माँ ने बोला तुम एक लड़की है। लड़की को परिवार की इज्जत रखनी चाहिए। और तुम मेरी इज्जत रखलो, और ये शादी कर लो।

मुझे कुछ समझ नहीं आ रहा था, मुझे मेरे सपने मेरे आँखों के सामने दूर होते दिख रहे थे, इसलिए मैंने अपनी ऐसी जिन्दगी के जगह, मैंने मौत का रास्ता अपनाया |

मुझे पता है जब तुम आवोगी, तो मेरी मौत को नोर्मल बताया जायेगा और तुमसे सच्चाई छुपाई जाएगी, ताकि मेरी फैमिली की इज्जत बची रहे।

पर तुम पढ़ाई करना और एक अच्छी ऑफिसर बनना, ताकि ये रुढ़िवादी इज्ज़त को तोड़ सको।

और ये डायरी के बाते तब तक तुम किसी से मत बताना जब तक तुम कुछ बन न जाये। नहीं तो लोग तुम्हे भी आगे नहीं बढ़ने देगे।

बाकि अब मुझसे लिखा नही जा रहा, और तुम अपना ख्याल रखना |

तुम्हारी दोस्त

तानिया

ये सब बता कर सुहानी दी रोने लगी।

मैंने दी को चुप कराया और पूछा फिर क्या हुआ ?

फिर उन्होंने बताया, डायरी पढने के बाद मैं सदमे में थी, अगली सुबह मैंने देखा कि मेरी फैमिली वाले मुझे लेने आये है, और मुझे लगा कि मैं सदमे में हूँ इसलिए वो मुझे कुछ दिन के लिए मुझे घर ले जा रहे है। लेकिन ऐसा नही था वो मुझे हमेशा के लिए ले जा रहे थे जब उन्हें तानिया के बारे में पता चला उन्होंने मेरी भी पढाई छुड़वा दी। मैं एक साल तक जिद्द करती रही, लेकिन किसी ने मेरा साथ नही दिया।

एक साल बाद मेरी शादी करवा दी गई। जब मैं ससुराल गई, कुछ दिन तक सब ठीक चला, लेकिन थोड़े ही दिन के बाद वो हम पर दहेज़ का दबाव डालने लगे | जब मैंने फैमली को बताया तो, उन्होंने उनकी डिमांड पूरी की, लेकिन उनकी डिमांड खत्म होने की नाम ही नही ले रही थी, कुछ दिनों बाद फैमली ने भी हाथ उठा दिया।

तो ससुराल वाले मार पिट पर आ गये धीरे धीरे मैं ये बातो की आदत

हो गई। मैं बताती तो भी किसे ? तानिया भी तो इस

दुनिया में नही थी। जब मैं माँ को बताती तो वो बोलती धीरे धीरे सब ठीक हो जायेगा।

मैंने भी ये सबके साथ जीना सिख लिया था। मैं एक जिन्दा लास बन गई थी मुझे ये रोज का रूटीन लगने लगा था।

लेकिन समय बीतता गया और मुझे एक बेटी हुई, जब मैंने उसे देखा तो खुद से एक प्रोमिस किया की इसी दुनिया की हर खुशी दूंगी, इस रुदिवादी इज्ज़त से बचा कर रखूंगी।

लेकिन जैसे ही परिवार वाले को पता चला की बेटी हुई तो मुझे ताना देने लगे।

मुझे लगा परिवार वालो को तो नही शायद मेरी पति को बच्ची को देख कर खुशी होगी।

मगर उन्होंने एक बार भी बच्ची को नही देखा।

पर मैं सोची शायद कुछ दिनों के बाद धीरे धीरे सब ठीक हो जायेगा)

शायद उन्हें अपनी गलती का एहसास होगा। पर ऐसा नही हुआ।

उस दिन के बाद मेरे पे अत्याचार और बढ़ गया, जैसे मैंने कोई अपराध किया हो बेटी को जन्म देकर।

मैं हर जुल्म सहते गई और समय बीतता गया, मेरे परिवार वाले सब देख कर भी अनजान बने रहे। जब मैं दूसरी बार प्रेग्नेंट हुई तो बेटी है पता चलने पर उन्होंने गिरवाने की कोशिश की। जब अश्पताल वालो ने मना कर दिया तो मेरी

साथ मारपीट भी की गई और बच्ची को पेट में ही मार दिया गया।

बेटा न देने के कारण मुझे रोज कोशा जाने लगा। और मेरी बेटी के साथ सब ऐसे व्यवाहार करने लगे जैसे कि कोई कर्ज हो मेरी बेटी, और उसके चचेरे भाई राहुल के साथ बहार भी खेलने नही दिया जाता था, ओर और दोनों को अलग अलग खाना दिया जाता था।

जब वो पढाई करती तो उसे बोला जाता, कुछ काम करलो बड़ी होकर यही काम आयेगा। हर बात पर ये जताया जाने लगा की वो एक बेटी है। और उसका जन्म घर की काम करने के लिए हुई है।

आज भले ही दुनिया आगे दिखाई देती है, पर जब भारत के अधिकतर घरो में देखे लड़कियो को लड़कों के बराबर स्वतंत्रता नही मिलती। आज अमेरिका लंदन जैसे देशो में लड़कियों को ये सिखाया जाता है, कि आत्मनिर्भर कैसे बने, अपने और अपने देश के लिए कुछ कैसे करे, आपनी सपनो को पूरा कैसे करे।

वही हमारे समाज में बेटियों को ये बताया जाता है कि वो बेटो के बराबर नही है। आज भी हमारे समाज में बेटियों को झुक कर रहना सिखाया जाता है। उसे मजबूर बनाया जाता है। इसके बावजूद अगर कुछ लडकिया इन जंजीरों को तोड़ कर आगे बढ़ती है तो उनका मजाक बनाया जाता है। उन्हें ये हर बात पर परिवार का ताना सुनना पड़ता है। कि इसे अपनी परिवार की इज्ज़त की फिक्र नही है। का

आज कुछ महिलाएं बाहर काम कर रही उसके बावजूद लडको के समान इज्ज़त नहीं मिलती। जो लोग भाषण देते है कि लड़का और लड़की में अंतर नही है वो खुद घर जाकर ये बोलते है, महिलाओं की इजजत चार दीवारों के अंदर होती है।

सरकार आरक्षण दे तो देती है, लेकिन महिलाओ को आरक्षण से ज्यादा जरूरत, स्वतंत्रता की है, ताकि वो अपनी लाइक पदाई कर सके और अपने हुनर को आगे ला सके। अपने लिए भी ज़िन्दगी जिए। अपने सपनो को पूरा करे। अपना सपनो और हुनर का गला न घोटे।

लडकियों को बचपन से इतना डराया जाता है, कि पूरी दुनिया उसको डरावनी लगती है कुछ करने से पहले उसे डरा दिया जाता है

लड़के अपने सपने आराम से पूरा कर लेते है वहीं लडकियों को बहुत कुछ सहना पड़ता है। कुछ ही लडकिया अपनी सपनो को पूरा कर पाती है।

हम लड़को को बचपन से क्यु नही सिखाते कि इज्ज़त उनके भी हाथ में है । और हर बात में हमें ही क्यु कहा जाता है कि उनकी बराबरी नही करो ।

टाइम कितना भी बदल गया हो लेकिन हमारा समाज लडकियों को आगे बढता देख नहीं सकता ।

अगर कोई भी परिवार टूटता है तो उसका दोषी लडकियों को ही ठहराया जाता है। हमेशा ये बोला जाता की उसे शांत रहना चाहिए था जैसे लडकियो का काम सहना है।

सारा इज्ज़त का भार लडकियों पर ही क्यू ?

तभी सुहानी के परिवार वाले हॉस्पिटल आ जाते है। जिसे देख कर सुहानी दी बोलने लगती है मैं अपनी बेटी को समाज और परिवार वालो को दबाने नहीं दूंगी वो अपनी जिन्दगी पनी मर्जी से जियेगी।

और वो बच्चे को ले कर भागने लगती है।

मैं उसे रोकने की कोशीश की, मैंने बोला हम कोर्ट जायेगे।

लेकिन सुहानी दी ने बोला " नही " कोर्ट जाने से कोई फायदा नही मेरे परिवार वाले इज्जत का वास्ता देकर मुझे ले आयेगे और मेरे पास केस लड़ने के लिए पैसे भी नही है।

इतना कहते ही वो बच्चे को लेकर भागने लगी, भागने के दौरान उनके सर पे गहरी चोट लगी और वो गिर गई।

मैंने बच्ची और दी को उनकी परिवार वालो से छुपाते हुए दुसरे साइड ले गई।

तभी सुहानी दी बोली मेरी बच्ची को मेरी फैमिली से नहीं मिलने नही देना इतना कहते ही उन्होंने अपना दम तोड़ दिया।

मुझे कुछ समझ नही आ रहा था कि मैं क्या करू। तभी उस समय मैं एक नर्स हुए सुना कि को बोलते हुए सुना की एक बच्ची का एकसिडेंट में मौत हो गया है, और उसकी कोई फैमिली नही है। नही चल रहा था, और उम्र भी उशकर मैंने देखा तो बच्ची का फेस पता लगभग सेम ही था। मैंने उस बच्ची को उठा कर दी के पास रख दिया और उनकी बच्ची को लेकर छुप गई, जब तक परिवार वाले दोनों को लेकर चले नहीं गये। मैं उस बच्ची को लेकर घर आ गई, मैं और मेरे पति कानूनी तोर पर उसे अपनी बेटी बना लिया| **जो तुम हो।**

मैं बस दी की ख्वाइस पूरी कर रही हूँ। इसलिए मैं तुम से और समाज से सारी सच्चाई छुपा कर रखी थी। मैंने सोचा था कि तुम्हारे बड़े होने के बाद सारी बाते बतादूंगी, मैं चाहती थी तुम अपने सपनों को पूरा करो और इतना काबिल बनो कि

तानिया दी और सुहानी दी की जैसी लडकियो का सपना टूटने से बचा सको।

इतना बोलकर पियु की माँ पियु को गले लगा लेती है।

हमारे संस्कृति में देवी माँ को शक्ति के रूप में पूजा जाता है | और हमारे वेदो में औरतों को देवी का दर्जा दिया गया है, लेकिन जब घर की बेटी, बहु की बात आती है, तो हमारा समाज इज़्ज़त का वास्ता देकर उसे दबाने की कोशीश करते है |

----

www.ingramcontent.com/pod-product-compliance
Lightning Source LLC
LaVergne TN
LVHW061623070526
838199LV00078B/7402
9789362615589